A Lucía y María.

El ABECEDARIO de Lucía

GILBERTO MARISCAL

ILUSTRADO POR CHUWY

WWW.CHUWY.ES

Aa
arcoíris

Siempre que subo a jugar a las nubes uso mi globo mágico. Después, para volver a casa, tengo que encontrar un **arcoíris**... ¡por el que bajo como si fuera un tobogán!

Bb
bicicleta

A Flowy le encanta que la lleve a montar en **bicicleta**. Cuando nos encontramos una cuesta abajo... ¡vamos súper rápidooooooo!

Cc
circo

Uno de los días que mejor me lo he pasado en toda mi vida fue cuando el Libro de los Sueños me llevó al **circo** con el duende Lorenzo.

Hice malabarismos, jugué con los payasos y...

¡hasta me subí a un elefante!

Dd
dragón

También recuerdo cuando ayudé al duende Lorenzo a rescatar a un príncipe de un malvado **dragón**.

¡Qué gran aventura!

Ee
estrellas

Mi hermana María ya tiene tres años, así que hay noches que le dejo acompañarme a viajar por las **estrellas**. Espero que mamá y papá no se enteren de que no estamos dormidas...

Cuando cumplí cinco años me hicieron una **fiesta** muy chachi a la que vinieron muchos amigos.

¿Veis a María?

Gg gafas

¿Conocéis a mi vaca Rodolfa? Cuando Rodolfa vino a vivir con nosotras, nos dimos cuenta de que no veía bien.

El veterinario nos dijo que Rodolfa necesitaba... **¡gafas!**

Hh
halloween

En **Halloween** el Libro de los Sueños nos llevó al duende Lorenzo y a mí a un bosque oscuro y tenebroso donde había monstruos y fantasmas. Lorenzo tenía mucho miedo, pero yo no.

Los fantasmas no dan miedo. ¡Son muy monos!

Ii
invierno

En **invierno** nos gusta mucho
ir a patinar sobre hielo.
¡Hasta Rodolfa ha aprendido!

¡Feliz naviMÚÚÚÚÚÚ!

Jj
jardín

¡Qué **jardín** tan bonito!
Adivina: ¿Dónde está Flowy?

Kk
kimono

¿A que con un **kimono** María
y yo parecemos japonesas?

Ll
luces

¡Oooohhh!
Lo mejor de la navidad son
las **luces** de las calles.
¡Son tan bonitas!

Mm
mar

Cuando el Libro de los Sueños me lleva a las profundidades del **mar**, siempre me transformo... ¡en una sirena!

noria

La primera vez que María y yo nos subimos a una **noria** lo hicimos juntas.

Al principio teníamos miedo, pero luego nos encantó. ¡Qué pequeñito se veía todo desde allá arriba!

María dice que el animal más chuli del mundo es el **ñu**. ¿Lo conocéis?

Oo
otoño

En **otoño** nos encanta ponernos las botas de agua y saltar sobre los charcos.

Y, debajo de los árboles...

¡lluvia de hojas!

Pp
pirata

¿Sabíais que una vez fui capitana **pirata**?
Tenía un barco y... ¡hasta encontré un tesoro!

Qq
queso

A veces pienso que María en vez de una niña es una ratoncita...
¡Le encanta el **queso**!

 Rodolfa

I  YOU!

Ss
sueño

ZZZZZZ...Múúú...ZZZZ....

tiovivo

¿Os habéis subido alguna vez
a un **tiovivo**?
¡Es muy divertido!

Uu
universo

Una vez el Libro de los Sueños nos llevó al duende Lorenzo y a mí al espacio.

En la nave espacial había dos trajes de astronauta, así que nos los pusimos y... ¡salimos a ver el **universo**!

¡Qué grande es todo, y qué pequeñitos somos!

Vv
verano

En **verano** vamos a la playa.

A María le gusta hacer castillos de arena, pero yo prefiero... ¡hacer volar mi cometa!

windsurf

Cuando hace viento y mamá
y papá no nos ven, llamo al
duende Lorenzo y nos vamos
a hacer **windsurf**.
¡Surquemos los mares contra
viento y marea!
¡Fiuuuuuuu!

A María le encanta tocar el **xilófono** a la hora de la siesta.

¡Así no me puedo dormir!

Me río y me enfado.

Canto y lloro.

Juego y sueño.

Soy Lucía. Soy feliz.

Zz
zoológico

Cuando vamos al **zoológico** María siempre me hace la misma pregunta:
¿Dónde está el cocodrilo?

Antes de despedirnos...
¡repasemos de nuevo el Abecedario!

Aa Bb Cc Dd Ee Ff Gg
Hh Ii Jj Kk Ll Mm Nn
Ññ Oo Pp Qq Rr Ss Tt
Uu Vv Ww Xx Yy Zz

Made in United States
Troutdale, OR
02/10/2025